Чудові мар
Марти Феллоу

Автор Кайт Дункан
Ілюстратор Грегем Еванс

Library For All Ltd.

Library For All — це австралійська некомерційна організація, яка має місію зробити знання доступними для будь-кого за допомогою інноваційного цифрового бібліотечного рішення. Відвідай наш сайт libraryforall.org

Чудові маршмелоу Марти Феллоу

Це видання опубліковано у 2022 році

Опубліковано Library For All Ltd
Електронна пошта: info@libraryforall.org
URL-адреса: libraryforall.org

Оригінальні малюнки Грегем Еванс

Чудові маршмелоу Марти Феллоу
Дункан, Кайт
ISBN: 978-1-922849-33-5
SKU02886

Чудові маршмелоу Марти Феллоу

2

Найбільше, що подобалося Марті Феллоу у походах за своїм Татечком, це...

приготовані на вогні маршмелоу!

Настромлені на галочку, простягнуті над вогнем — підсмажені ззовні та липкі й солодкі зсередини. Мммм, маршмелоу!

«Татечку, нам потрібне багаття», — скрикнула Марта Феллоу з нетерпінням чекаючи на маршмелоу!

«Я цим займуся», — сказав Татечко.

Татечко тріснув заламаними гілками і поклав їх у багаття, в той час як Марта Феллоу витягла пачку маршмелоу з рюкзака. Вона взяла один маршмелоу і настромила його на гострий край своєї гілочки для смаження.

«Ще, Марта, ще», — проспівала вона сама до себе.

Вона настромила ще один маршмелоу Потім ще, і ще, і ще... аж поки в пачці не залишився останній маршмелоу.

«Мммм», — подумала Марта Феллоу. «Які ж чудові маршмелоу!»

Татечко поклав у багаття купу сухого листя і підпалив сірника, поки Марта Феллоу тримала свою гілочку з маршмелоу над багаттям. Поволі листя почало розгоратися.

«Ще, Татечку, ще!» — прокричала Марта Феллоу, зголодніла до маршмелоу.

«Я цим займуся», — сказав Татечко.

Від підкинув ще листя в багаття і...

ЩУУУУУХ!

в небо злетів стовп диму.

«Це надто, Татечку, це надто!» — прокричала Марта, рятуючи свої маршмелоу.

«Я не зможу приготувати чудові маршмелоу з димом. Мені потрібне полум'я!»

«Я цим займуся», — сказав Татечко.

Татечко поклав у багаття поверх листя палки більшого розміру. Поволі скалки почали розгоратися.

«Ще, Татечку, ще!» — прокричала Марта Феллоу, готова до маршмелоу.

«Я цим займуся», — сказав Татечко.

Від підкинув ще листя в багаття і...

ПУУУУУМ!

в небо злетів стовп полум'я.

«Це надто, Татечку, це надто!» — прокричала Марта Феллоу, рятуючи свої маршмелоу.

«Я не зможу приготувати чудові маршмелоу з вогнем. Мені потрібен жар!»

«Я цим займуся», — сказав Татечко.

Татечко обережно вийняв скалки з багаття, щоб знайти жаринки. Вогонь потихеньку вщухав.

«Ще, Татечку, ще!» — прокричала Марта Феллоу, передчуваючи маршмелоу.

«Я цим займуся», — сказав Татечко.

Він перевернув усі
скалки і...

ПУУУУУУУУХ!

в небо злетів стовп жару.

«Це надто, Татечку, це надто!» — прокричала Марта.

«Надто гаряче, надто гаряче, надто гаряче!»

Але вже було запізно.

Чудові маршмелоу Марти Феллоу були...

РОЗПЛАВЛЕНІ!

28

«Що за чудовий безлад», —
сказав Татечко.

Вони вдвох подивилися
на липку масу на кінці
гілочки, яку тримала
Марта.

«Залишився ще один», —
сказала Марта, розпачена
через маршмелоу.

«Але він не приготований».

«Я цим займуся», — сказав
Татечко.

«Ну ні», — сказала Марта
і швиденько поклала
холодний маршмелоу
прямісінько собі в рота.

І знаєте що?

Він був чудовим!

Скористайся цими запитаннями, щоб обговорити книгу з родичами, друзями і вчителями.

Чому тебе навчила ця книга?

Опиши цю книгу одним словом. Смішна? Моторошна? Кольорова? Захоплююча?

Які відчуття в тебе виникли після прочитання цієї книги?

Яка частина цієї книги твоя улюблена?

Про автора

Комік та клоунеса Кайт Дункан — пристрасний та різносторонній експерт з комунікацій з більш ніж десятирічним досвідом у сфері розваг, що працювала з аудиторіями будь-якого віку зі всього світу.

Коли в її «надзвичайно серйозному» професійному житті стався «несподіваний» поворот, навіть мати Кайт не очікувала, що вона стане професійною клоунесою та започаткує власну успішну розважальну компанію для дітей.   Протягом останніх трьох років Кайт розробила відмічену національною премією програму з підвищення обізнаності на тему шрифта Брайля для дошкільнят, щоб поширити думку, що книжки створені для всіх, незалежно від того, можуть вони бачити, або ні!

Коли на душі шкребуться коти, Кайт радить усім сміятися від душі та кликати на допомогу свого внутрішнього клоуна.

Ця книга принесла тобі задоволення?

В нас є ще багато унікальних оповідань, ретельно відібраних фахівцями.

Ми тісно співпрацюємо з авторами, педагогами, консультантами в сфері культури, представниками влади та неурядовими організаціями, щоб відчуття задоволення від процесу читання стало доступним для дітей зі всього світу.

Чи відомо тобі?

Ми працюємо, щоб впливати на ці сфери глобально і з дотриманням цілей сталого розвитку Організації Об'єднаних Націй.

Lightning Source UK Ltd.
Milton Keynes UK
UKHW022011010622
403823UK00006BA/116